Le colonel ne dort pas

Emilienne Malfatto

Roman

Éditions du sous-sol

Poème en exergue :
Louis Aragon, *Persécuté persécuteur*, © Stock, 1998

La phrase de Pierre Messmer est tirée
du documentaire *Escadrons de la mort, l'école française*,
de Marie-Monique Robin

Illustration de couverture : © Nicola Magrin

Conception graphique : gr20paris

ISBN : 978-2-36468-664-9

Pour K
qui n'avait pas de fantômes
dans les yeux

À moi le langage ténébreux des suppliciés
sur la chaise électrique
le vocabulaire ultime des guillotinés
l'existence est un œil crevé
Que l'on m'entende bien un œil qu'on crève à
tout instant
le harakiri sans fin
J'enrage à voir le calme idiot
qui accueille mes cris

Aragon

C'était un spécialiste.

Pierre Messmer
à propos de l'envoi de Paul Aussaresses
à Fort Bragg en qualité d'instructeur de
"techniques de contre-insurrection"

Ô vous tous
puisqu'il faut que je m'adresse à vous
que je ne peux plus vous ignorer
puisque vous êtes devenus les sombres seigneurs
de mes nuits
puisque vos ombres et vos cris
résonnent dans mes ténèbres
puisque les Hommes-poissons
ont pris possession de mes rêves
vous tous je m'adresse à vous
mes victimes mes bourreaux
je vous ai tués tous
chacun de vous il y a dix ans ou

dix jours

ou ce matin

et depuis je suis condamné à continuer
de vous tuer
chaque fois à chaque nouveau mort
j'augmente ma peine ma

condamnation sans appel

perpétuité
perpétuité
comme vous les Hommes-poissons
je vous revois flotter
dans l'eau grisâtre
flotter
vous revenez depuis peupler mes cauchemars
vous avancez en écartant les roseaux
vous tendez vers moi vos membres décharnés
gonflés par les eaux
vous tendez vos mains et c'est toujours alors
toujours que
je vous tue

à nouveau

tuer les morts vous tuer encore vous mes victimes
puisque c'est la seule voie puisque je vous ai déjà
tués
puisque bientôt vous me tuerez

Le colonel arrive un matin froid et ce jour-là il commence à pleuvoir. C'est cette époque de l'année où l'univers se fond en monochrome. Gris le ciel bas, gris les hommes, grises la Ville et les ruines, gris le grand fleuve à la course lente. Le colonel arrive un matin et semble émerger de la brume, il est lui-même si gris qu'on croirait un amas de particules décolorées, de cendres, comme s'il avait été enfanté par ce monde privé de soleil. On dirait un fantôme, pense le planton de garde en le voyant descendre de la jeep. Et l'ordonnance se met au garde-à-vous et se dit que le colonel ressemble à ces hommes qui n'ont plus de lumière au fond des yeux et qu'il croise parfois depuis qu'il est à la guerre. Seul son béret rouge rappelle que les couleurs n'ont pas disparu.

La grande maison réquisitionnée qui sert désormais de centre de commandement et d'habitation pour les gradés se dresse en haut de la colline. C'est un ancien palais, du temps de l'ancien dictateur, sous l'ancien régime. On y reconnaît le goût pour ce qui brille du plafond au sol, le marbre les dorures les colonnes qui se voudraient ioniques des sièges immenses au capitonnage dur comme du béton utilisés pour des réceptions où ils assurent un inconfort durable aux invités qui, selon l'étiquette, ne doivent rien en laisser paraître. Et dans une niche du hall d'entrée, le buste décapité – puisqu'on ne pouvait pas le déplacer et qu'il était à l'effigie de l'ancien dictateur, celui-là même qu'à l'époque du buste personne n'appelait *dictateur*.

Le colonel hésite sur le seuil du Palais. Est-il déjà venu ici ? Il a servi loyalement l'ancien régime, il a connu d'éphémères honneurs dans des lieux semblables, à l'époque où les bustes étaient intacts dans toutes les niches de tous les palais du pays. Il hésite, comme s'il répugnait à souiller le marbre de ses chaussures gorgées de boue liquide, presque crémeuse, cette boue glissante et claire dans laquelle patauge le monde, dehors. Peut-être un reste de timidité (de déférence ?) à l'égard de l'ancien dictateur auquel il fut loyal en son temps, comme beaucoup ici, même si tous font mine de l'ignorer et s'emploient à ne jamais parler de cette époque. Puis il carre les épaules, *reprends-toi !*, et suit l'ordonnance jusque dans le grand bureau où siège le général en charge des troupes du nord et de la Reconquête.

Trônant derrière sa large table d'acajou, le général est occupé à se couper les poils du nez à l'aide de petits ciseaux argentés et d'un miroir à main, et le colonel pense furtivement que ce miroir de dame provient peut-être d'une chambre à coucher de ce même Palais, une relique des puissants de l'ancien régime.

Il frappe le sol du talon droit et porte sa main à son béret, ainsi que l'exige le garde-à-vous, et le général repose à contrecœur ses ciseaux argentés pour dévisager le visiteur. Le colonel lui paraît *grisé*, comme manquant de substance, comme si ses contours étaient floutés. Ce genre d'observation est peu orthodoxe pour un militaire, surtout un général en charge des troupes du nord et de la Reconquête, aussi l'écarte-t-il avec un reniflement qui fait remonter dans sa narine de petits poils coupés.

Quelque chose dans l'homme debout en face de lui gêne le général, lui inspire un sentiment étrange, une sorte d'appréhension. Il ne l'admettra jamais mais il est heureux qu'il y ait entre eux la distance des uniformes et des grades, de la hiérarchie, et même ce large bureau d'acajou ciré qui, se figure-t-il, forme une sorte de bouclier devant sa proéminente personne.

Sans un mot, le colonel lui tend son ordre de mission dont l'en-tête s'orne d'un bel aigle doré. Le général abaisse ses sourcils touffus sur le papier ivoire, parcourt les lignes officielles, toute l'autorité de la Capitale à l'encre noire, il émet un petit grognement, peut-être veut-il signifier qu'il a enregistré l'information, ou alors une façon d'indiquer qu'on l'a dérangé pour pas grand-chose.

D'ailleurs le général n'a pas grand-chose à dire, l'homme gris va diriger la Section spéciale, d'accord, il prend note, il se sent vaguement obligé de prononcer quelques mots, ne serait-ce que parce qu'il est le chef, donner son assentiment (même si l'ordre de mission ivoire de la Capitale se passe de son assentiment), il finit par dire La Section spéciale, très bien, il y a beaucoup à faire. Et le colonel, qui se tient toujours devant le bureau, qui n'a pas bougé, hoche la tête. Le général redresse le nez, il attend une réponse, quelque chose de réglementaire, alors le colonel dit Oui mon général parce qu'il n'a que ça à dire, mais déjà il semble absent, comme rentré en lui-même ou parti très loin dans une contrée que le général devine (sans toutefois formuler clairement cette pensée) sombre et peuplée de fantômes, et il n'a soudain qu'une envie, que cet homme étrange et gris sorte du grand bureau, et il le congédie d'un geste, le remettant aux mains de l'ordonnance qui attend dans l'antichambre.

Et quand le colonel est sorti de la pièce, le général a l'impression de reprendre sa respiration, comme si, pendant les minutes écoulées, il avait sans le savoir retenu son souffle pour ne pas aspirer les cendres portées par le nouveau venu, il lui semble que sa poitrine est plus légère et il secoue la tête comme pour chasser les particules monochromes abandonnées par le colonel. Puis il renifle fortement et reprend les ciseaux argentés.

Dans le gris du dehors, le colonel patauge derrière l'ordonnance qui le conduit aux logements des officiers, une autre maison réquisitionnée, un autre vestige de l'ancien régime, mais plus modeste, sans marbre ni colonnes. En s'avançant sur la colline, il jette un regard à droite, en contrebas, sur la Ville, *sur ce qu'il en reste*, et c'est comme si ce n'était plus une ville mais quelque chose d'autre, un magma, un amas de matière qui formait autrefois, il y a une éternité ou quelques heures, des boulevards, des rues, des maisons où les gens vivaient mangeaient dormaient se disputaient faisaient l'amour et mouraient. Le dernier verbe seul reste d'actualité ces temps-ci, pense le colonel.

L'ordonnance le conduit dans sa chambre. La pièce est nue, dans le coin un sommier de métal, un mince matelas roulé par-dessus. Les vitres ont une épaisseur particulière, comme si elles étaient faites de plusieurs couches de verre qui finissent par déformer toute lumière, toute image provenant du dehors, baignant les pièces d'une atmosphère de bocal, quelque chose d'irisé et opaque à la fois, la sensation de voir le monde à travers une flaque d'essence.

Le colonel s'en moque, il est soulagé, il sera seul dans la pièce, au fond c'est tout ce qui importe. Il ne dit rien, parcourt les lieux du regard mais il n'y a pas grand-chose à parcourir alors l'ordonnance, mal à l'aise (lui aussi mal à l'aise), s'éclaircit la gorge dans un bruit de papier de verre. Il cherche des mots face à ce colonel trop silencieux trop distant, une phrase pour meubler, il dit d'un ton presque d'excuse que malheureusement, avec les bruits de la Reconquête, il n'est parfois pas facile de dormir.

Je ne dors pas, répond le colonel.

Ô vous mes martyrs qui hantez mes ténèbres
puisque je dois m'adresser à vous
par lequel d'entre vous commencer ?
Je redoute la nuit comme la proie le chasseur
chaque soir je me tourne vers le soleil
dans l'espoir que ce soir-là il ne tombe pas

à l'horizon

il est le seul qui vous tienne à distance
vous mes martyrs mes bourreaux
vous mon tourment
mais chaque soir il tombe
il tombe il disparaît et alors vous prenez vie
dans mes yeux
derrière mes paupières serrées

de toutes mes forces

vous apparaissez vous vous dressez dans le noir
de ma chambre
et je vous vois de derrière

mes paupières serrées

qui d'entre vous viendra me tourmenter cette nuit ?
toi, l'Homme-poisson
le premier
le premier homme que j'ai fait poisson
dans cette eau
empoisonnée
dans cette eau devenue mort
toi, l'homme dont j'ai oublié le nom
mais pas la vision du corps défait
désarticulé
un corps quand il n'est plus un corps
ça ne ressemble plus à rien
ça en devient presque
ridicule
grotesque
un corps qui n'est plus un corps savez-vous
il faut un effort pour se rappeler que ce fut
un être humain
une personne
avec des sentiments
des rêves
des
drames
une peau qui était une peau et non

une longue écorchure

plaie à vif plaie à sang
difficile à croire ce qu'un homme peut souffrir
vous ne le croiriez pas
ce qu'il peut endurer de douleur

de souffrance d'horreur de

déchirures

je ne le croyais pas non plus maintenant je le crois
je le sais je l'ai vu
de première main
de premier œil
de première main qui guide la main du bourreau du
tortionnaire ou
qui
parfois prend les choses en main
on n'est jamais aussi bien servi que par soi-même
cela s'applique aussi à la torture
à l'art de l'interrogatoire
briser un homme
le torturer
le rendre fou
le défaire de son corps
de sa peau
de ses membres
de ses dents
de ses ongles
c'est un art savez-vous
je suis moi resté simple artisan mais j'ai connu
des esthètes
de ce processus
qui coupent en musique
qui ne vomissent pas le soir
dont les yeux brillent quand ils arrachent
d'autres yeux
j'en ai connu mais je n'en fus pas

simple artisan jamais esthète
même si pour toi l'Homme au corps désarticulé

défait déconstruit

au fond

ça n'a pas changé grand-chose

et c'est toi maintenant qui me tortures
et qui me brises
chaque nuit
chaque soir
toi et tes semblables mes victimes vous avez
cela en commun
même si tous ne sont pas morts
de la même façon
j'ai un répertoire fourni
le carnet noir de mon âme
que voulez-vous
demandez
quelle mort quelle victime
à qui dois-je m'adresser en premier

Depuis son arrivée au quartier général, en surplomb de la Ville qui n'en est plus une, le colonel écoute chaque soir les bruits de la Reconquête. Chaque nuit, dans ce temps suspendu qui précède ses cauchemars (mais ce ne sont pas des cauchemars puisqu'il est éveillé) il prête l'oreille au fracas de la destruction. Ça fait un bruit terrible, ça siffle ça explose ça frappe ça crisse ça dévaste ça décombre. Et il en est presque reconnaissant à ce vacarme qui remplit la chambre un instant au moins, avant l'arrivée des *autres*, qui semble parfois ralentir leur approche, comme si le grand bruit de la mort dehors emplissait tellement l'espace qu'il ne laissait plus de place aux *autres*, pendant un temps trop bref du moins, comme s'ils restaient sur le seuil en attendant on ne sait quoi, un moment de répit dans le vacarme et alors ils apparaissent et le colonel jurerait les entendre expliquer Nous sommes en retard, nous avons été retenus.

Le colonel a oublié le moment exact où il a cessé de dormir. Après quel mort, quel *interrogatoire*, quelle bataille, quel corps qui n'en était plus un. C'est venu peu à peu, lui semble-t-il.

Quand il fait un effort et regarde en arrière (mais cela lui est de plus en plus difficile) il se souvient de son enfance, de sa jeunesse, de ces sommeils foudroyants qui n'étaient pas un combat et qui le saisissaient, l'emportaient, le défaisaient de son corps, oui c'est cela, cette sensation d'échapper quelques heures à son corps à sa vie, à *soi*, et l'emportaient au loin puis le ramenaient quelques heures plus tard sur la rive comme déposé par une vague et il se souvient encore de cette sensation de coton qu'il éprouvait au réveil et qu'il n'a plus ressentie depuis de longues années.

Au début, le sommeil s'est seulement fait lent à venir, comme l'ennemi qu'on attend dans la plaine et qui n'apparaît pas, comme l'ami absent au rendez-vous. Mais à cette époque – le colonel date ça vers la fin de l'ancien régime – il finissait par s'assoupir, souvent à l'aube, il se tournait et se retournait dans le lit devenu trop tiède poisseux jusqu'à apercevoir à l'est, par la fenêtre, la première lueur de l'aurore et alors il avait la sensation qu'un poids dans sa poitrine se relâchait, comme si le lynx féroce lynx de métal et de velours assis sur son cœur et ses poumons se relevait et s'en allait de ses pattes feutrées, et les yeux fixés sur la lumière rosée il finissait par fermer les yeux et pour quelques heures, parfois seulement quelques minutes, il s'échappait de son corps, il accédait à l'oubli bienheureux du dormeur.

Quand il a tout à fait cessé de dormir il s'est inquiété. Il a pensé qu'il allait mourir. Un homme qui ne dort pas ça ne s'est jamais vu, ça n'existe pas. Et puis il n'est pas mort. Est-ce alors qu'il a commencé à changer ? À rentrer en lui-même, se sentir seul au milieu des autres hors du groupe même quand il est au centre, et ça rend *(le travail)* beaucoup plus difficile parce qu'après tout faire *(ça)* à plusieurs ce n'est pas pareil, il y a ce sentiment presque organique de remplir son devoir, chacun est comme un garde-fou pour l'autre un garde-fou contre le doute et les questions, un esprit de corps face aux corps suppliciés. Le colonel a cessé de se sentir partie du groupe et de plaisanter avec les autres – de plaisanter un peu trop gras, un peu trop faux pour que ce soit vraiment sincère, mais enfin il faut bien dissiper le léger malaise qui existe qu'on le veuille ou non, se donner du cœur à l'ouvrage.

Mais il n'est pas mort. Il n'est pas mort et il en a été presque déçu. Ses martyrs ses bourreaux ne le laissent pas s'en tirer aussi facilement, après tout la mort en elle-même ne dure qu'un instant une infime seconde où elle monte dans le corps et chasse la vie et la vie s'échappe mais ce qui est long ce qui est interminable c'est tout ce qui précède c'est la torture comme il le sait lui-même puisqu'il existe un art qui consiste à *ne pas faire mourir trop tôt*, puisqu'une fois qu'on est mort tout s'arrête, puisqu'on ne peut plus faire souffrir un cadavre.

Il a bien compris son châtiment, cette peine à perpétuité prononcée par ses martyrs qui lui refusent l'amnésie même provisoire même de quelques heures seulement. Toujours il doit se rappeler et voir devant lui ceux qu'il a tués ceux qu'il continue à tuer car depuis son arrivée dans la Ville il poursuit sa tâche, que peut-il faire d'autre, il se dit qu'il ne sait faire que cela (était-ce inscrit dans sa destinée) alors il continue chaque matin après sa nuit sans sommeil il s'habille il met son uniforme son béret rouge il prend sa sacoche et il sort dans le gris du dehors où l'attend l'ordonnance à côté de la jeep dont le moteur tourne déjà parce qu'il n'y a pas de temps à perdre il y a du pain sur la planche.

C'est peut-être par toi que je dois commencer
toi mon premier mort
pourtant ta mort fut presque accidentelle
instinctive appelez cela comme vous voudrez
tu fus le premier des hommes gris
c'était la guerre et j'étais jeune trop jeune
j'ignorais encore ce que serait
ma vie
sans quoi croyez-moi j'eûs préféré déserter
mourir de la main d'un autre au besoin
mais que voulez-vous il y a les réflexes il y a
la survie
il y a le fusil qui s'enraye en face
tu avais surgi devant moi dans ce décor
d'apocalypse
tu étais aussi jeune que moi ton uniforme
presque semblable au mien
sauf le petit écusson là imaginez-vous à quoi
ça tient

la vie et la mort

un écusson de tissu de
rien du tout
voilà à quoi tient l'ennemi

au loin tout près les canons crachaient leur vacarme
de mort métallique
il y avait déjà plusieurs jours que je ne l'entendais
plus vraiment
crois-moi si c'était à refaire j'eûs préféré
que ce soit toi
qui tires
que tu me tues
plutôt que de mourir lentement de ne pas en finir

de mourir

je n'en finis pas depuis ce temps
toutes ces années
un immense purgatoire
une salle d'attente peuplée des démons
que j'ai moi-même
créés
que je continue à créer vaillamment
chaque jour
à chaque coupure chaque entaille chaque
coup de feu
chaque ordre donné
je suis comme un homme qui creuserait
sa propre tombe

vaillamment

depuis des années
et qui la remplirait du sang des autres
si bien que chaque jour il doit continuer
à creuser un peu plus

un peu plus bas
un peu plus profond
parce que tout est déjà baigné de sang
imaginez-vous ça ce creusement sans fin
toi alors toi mon premier mort
j'ai tiré presque sans le vouloir
ton fusil enrayé en face de moi
tu ne t'es même pas acharné sur le mécanisme
comme font certains
les doigts fous accrochés au métal
il avait plu est-ce pour cela
que tu n'as pas pu tirer
moi mon arme était sèche
mes mains n'ont pas tremblé j'ai tiré comme
à l'entraînement
comme nous l'apprenaient ces hommes durs
en nous traitant de sous-hommes de moins que rien
tu m'as fixé quand la balle t'a touché
au-dessus de l'estomac
visez le ventre disaient-ils à l'entraînement
toi tes yeux fixes tes yeux comme étonnés
quand tu es tombé
à genoux d'abord puis à la renverse
autour les canons grondaient toujours
c'était la guerre
ça ne compte pas diraient certains
tu ne comptes pas
c'était la guerre
tuer ou être tué
la loi de la guerre
oui mais voilà depuis quelque temps toi aussi
tu reviens

me hanter
tu emplis toi aussi les chambres les couloirs
l'obscurité
tes yeux fixes fixés sur moi
ta présence glacée dans mon lit où les couvertures
sont trop courtes
pour
nous tous
pas seulement toi les autres
aussi
vous tous
vous mes victimes et moi ça fait
beaucoup de monde
pour une seule couverture

La Section spéciale occupe tout le sous-sol d'un immeuble du quartier des tanneurs, sur la rive gauche du grand fleuve, celle où il y a encore des bâtiments debout. Un sous-sol, c'est pratique en cas de bombardement, même si chaque matin le colonel ne peut s'empêcher de penser que c'est un coup à rester enterrés vivants sous les décombres de cinq étages.

Pour rejoindre le quartier des tanneurs depuis la colline du Palais, il faut traverser une partie de la Ville. Chaque matin, le colonel promène son regard sur les rues devenues cendres. À l'autre extrémité de la colline se dressaient autrefois les tours où logeaient les étudiants de l'université. Par un étrange hasard de la matière, un bombardement a fait choir tous les murs et *plié* les étages, le colonel pense chaque fois à un château de cartes.

Depuis qu'il est arrivé dans la Ville, il pleut sans discontinuer. L'eau n'arrête pas les opérations de la Reconquête, mais elle les ralentit. Heureusement, elle ralentit aussi l'Ennemi, désormais terré sur la rive droite, cette rive qui vue du Palais ne ressemble plus à rien, comme si un architecte fou était passé par là. Il faudrait inventer un nouveau vocabulaire pour la destruction de la matière, pense le colonel. De nouveaux mots qui rendent la destruction absolue d'une ville, d'un quartier, d'une maison, d'un homme. Comment appelle-t-on une rue que l'on ne reconnaît plus comme rue (c'est un peu comme un corps qui ne ressemble plus à un corps, mais cela le colonel n'y songe étonnamment pas). La grande rue, par exemple, cette artère de la rive gauche que la jeep emprunte chaque jour et qui semble un sillon tracé maladroitement, ouvert par une charrue de mort dans un mélange de béton, de métal, d'asphalte et de chair humaine, quelque chose d'éventré, les entrailles de la ville à l'air, la terre violée, dévastée, ici rien ne poussera plus, terre sans blé sans moissons. Quand la jeep remonte la rue-sillon en cahotant, le colonel cherche dans sa tête des termes pour décrire ce qu'il voit et chaque fois s'irrite de ne rien trouver qui semble correspondre.

Avec les nombreuses exactions de l'Ennemi puis les opérations de la Reconquête, la Ville a pris une nouvelle géographie. L'urbanisme de paix acquiert de nouvelles fonctionnalités dans la guerre. Les lampadaires, par exemple, qui se contentent d'éclairer en temps de paix, font d'excellents gibets. Et comme en général ils n'éclairent plus rien (n'ont plus rien à éclairer), cette nouvelle fonction se révèle très pratique.

Même si, le colonel le sait d'expérience, on peut aussi très bien pendre un homme à un lampadaire en fonctionnement.

Pendant sa traversée de la Ville, chaque matin, le colonel se sent à la fois détaché et d'une grande lucidité. Il n'a jamais peur, même ces matins où la jeep fonce sur les gravats dans les rues-sillons pour échapper aux snipers de l'Ennemi. Au contraire, ces matins-là, une partie de lui espère la balle qui lui déchirerait la chair et l'os – il voudrait être touché au crâne – et se frayerait un chemin sinueux et mortel à l'intérieur de lui, traçant sur son passage une traînée de vide dont il ne se remettrait pas. Pourtant le colonel n'a jamais envisagé le suicide, ce n'est tout simplement pas dans sa manière de penser. De même, il ne prend aucun risque inutile, ne cherche pas à s'exposer à l'Ennemi. Mais ces matins-là, quand la jeep parvient intacte devant le sous-sol de la Section spéciale, il est toujours un peu déçu.

Il descend les escaliers aux arêtes tranchantes qui mènent au sous-sol et il a l'impression de descendre en lui-même, comme si à chaque marche il pénétrait dans une couche à la fois plus profonde et plus insensible de son esprit, comme s'il se recroquevillait à la manière d'un escargot pour qu'il y ait désormais, entre lui et le monde – entre lui et les hommes qu'il faudra briser aujourd'hui – une carapace.

Le colonel n'a pas toujours été un *spécialiste*, comme on le désigne maintenant dans certains milieux autorisés avec un mélange de respect, d'effroi, et aussi un peu de répugnance. Longtemps il fut un militaire comme les autres, peut-être seulement plus efficace, plus rapide à la réaction, plus malin. Pendant la Longue Guerre, ses chefs l'appréciaient pour ces qualités-là. Lui ne savait pas encore qu'il était pris dans un engrenage qui ne le lâcherait pas, qui le broierait à mesure que lui-même broierait les autres, tous les autres, tous ceux qu'on lui ordonnerait de broyer. C'est cela, peut-être, qui fit vraiment la différence. Demandez à un militaire de tirer sur une cible, il le fait, c'est le métier. Mais certains ont une limite. Pour beaucoup, pendant la Longue Guerre, ce furent les Hommes-poissons. Les soldats reculaient devant cette tâche-là avec de grands yeux effarés. Le colonel a lui aussi eu les yeux effarés. Mais il n'a jamais reculé.

Maintenant c'est un spécialiste. *Le spécialiste*, disent même certains, comme s'il était le seul. Pas son pareil pour mener une opération délicate. Ou pour démanteler un réseau. Ou pour briser un homme. Un virtuose, vraiment, disent ses supérieurs quand ils le présentent à des personnages importants du nouveau régime qui lui serrent la main chaleureusement mais évitent de croiser son regard. Peut-être ont-ils peur d'y croiser des fantômes.

Le colonel est bien considéré par ceux qui comptent – de même qu'il fut, sous l'ancien régime, bien vu par l'entourage de l'ancien dictateur. Une fois, une seule fois, il le rencontra même en personne, celui qui était alors le Père et Protecteur de la Nation. Le colonel s'en souvient comme d'un homme vieillissant et fatigué, cramponné au pouvoir comme à une branche un homme qui se noie, sanglé dans un uniforme trop étroit, si rutilant qu'il semblait d'opérette, les boutons dorés prêts à voler dans la pièce à chaque respiration chaque palpitation du large abdomen. Une vaste impression d'imposture et d'hypocrisie, voilà ce que lui laissa l'unique rencontre avec le personnage qui fut des décennies durant l'équivalent de Dieu dans le pays, avant de devenir l'incarnation du Diable pour les générations suivantes. Le colonel en garda une grande méfiance à l'égard des puissants interchangeables.

Il survécut au changement de régime, aux purges, aux procès, parce qu'on ne pouvait pas se passer de son talent, et peut-être aussi parce qu'il n'avait jamais été un homme de cour, qu'il était déjà, depuis longtemps, grisé et pour ainsi dire invisible, se fondant presque avec le paysage. (Qui se charge de limoger une ombre ?)

Après toi
mon premier mort
mon premier bourreau
le séisme fut lent à venir
c'est comme la surface d'un lac gelé
il faut que la faille vienne du bord
que ça se craquelle en un point
et quand vous la remarquez c'est déjà trop tard
la faille est trop grande
elle se répand elle s'allonge elle envahit
tout l'espace
et sous elle le vide l'eau glacée
il en va de même pour
les fissures de l'âme
après toi mon premier mort mort dans la boue
dans cette guerre affreuse
et absurde cette guerre dont je n'ai toujours pas

des années après

compris pourquoi nous l'avions faite
même s'il paraît que nous avons gagné
que cela fut
une grande victoire pour la
nation

je ne sais plus pourquoi je me battais alors
je me posais en ce temps peu de questions
mais après toi mon premier mort
il devint plus difficile de
faire taire cette fissure
qui envahissait mon âme
à chaque lever je la sentais plus grande et moi
chaque jour plus détaché
de moi-même
comme si ma chair me devenait étrangère
si mon corps n'était plus
mon corps

mais bien plutôt

un ensemble anatomique une machine

qui n'était plus moi

parce que moi déjà j'étais resté dans la boue
à côté de toi mon premier mort
un peu seulement
pas totalement
à l'époque mon âme n'était pas encore
totalement fissurée
c'était seulement le début

Tous les matins, au sous-sol de l'immeuble encore debout du quartier des tanneurs, le colonel entre dans la pièce où l'attend son travail du jour. C'est ainsi qu'on dit : *le travail*, et tout le monde comprend. Le premier qui comprend est l'homme assis sur une chaise (faut-il encore l'appeler homme ? se demande le colonel. Il est déjà brisé, il n'y aura pas grand-chose à faire). (Ces matins-là, c'est peu professionnel de sa part, le colonel se sent presque soulagé. Quoique c'est parfois plus difficile qu'on ne le croit à première vue.)

Le colonel pense souvent que la nature humaine se révèle dans ces instants de nudité absolue, quand l'homme est précisément dépouillé de toutes les minces couches de vernis – appelez ça l'éducation, ou la sociabilité, ou l'amour, ou l'amitié – qui recouvrent sa nature profonde, *homo sanguinolis*, sa nature animale, viscérale, quand l'homme n'est plus qu'une masse organique. Arrachez la peau d'un homme et vous aurez une forme sanguinolente, vermeille, une forme cochenille écrasée pas si différente d'un chien écorché, se dit parfois le colonel. Pourtant, il est bien forcé de l'admettre, il y a souvent des surprises dans ce qui précède le *dépouillement* ultime. Le lâche se révèle brave, le brave s'effondre et donne tous les siens, certains pleurent et supplient, d'autres restent muets jusqu'au bout. Ceux-là sont plus rares et le colonel éprouve pour eux une sorte de respect.

L'ordonnance se tient silencieux derrière lui, au fond de la pièce, en dehors du cercle de lumière jaune dispensé par l'ampoule nue au plafond. Le colonel perçoit son mal-être, en voilà un qui voudrait ne pas être là. (Le colonel lui-même veut-il être là ? Il ne se pose plus la question.) Il a déjà remarqué le manque d'entrain de l'ordonnance, son absence de cœur à l'ouvrage – il lui semble même que sa seule présence désapprouve ce qui se passe dans la pièce. Le colonel devrait faire un rapport, signaler cette observation au général. Un soldat qui doute est un mauvais soldat. Un soldat qui désapprouve – même en silence – est un danger pour tous. Il se souvient des affiches placardées sur les murs de la caserne, pendant la Longue Guerre. *Soldat ! le doute est l'ennemi de la victoire.* Derrière les lettres noires, un jeune militaire, l'air épuisé mais exalté, presque illuminé, le regard levé vers le ciel. C'étaient les affiches de l'ancien régime, mais le principe reste valable aujourd'hui. Le colonel en a vu ces jours-ci de semblables dans la Ville, le long des rues-sillons, sur les murs de la Section spéciale. Il n'en jurerait pas mais on dirait le même soldat, le regard toujours levé vers le même ciel. Le nouveau régime a réutilisé les anciens posters, s'est dit le colonel, il n'y a pas de petites économies même quand on aime le doré du plafond au sol (bel exemple de réflexion *critique* envers le nouveau régime et la hiérarchie, et si le colonel y réfléchissait à deux fois il se rendrait compte que ça aussi ça se dénonce très bien).

Pourtant, le colonel n'a pas encore signalé le manque suspect de conviction (voilà, il pense qu'il choisira ces termes-là) de son ordonnance. Il ne s'explique pas pourquoi, si ce n'est que de moins en moins de choses lui importent. Tous les matins, quand il avance dans le cercle de lumière de la petite pièce du sous-sol, quand il perçoit dans son dos l'ordonnance resté dans l'ombre et par là même, lui semble-t-il, se *désolidarisant* des actes, cette attitude lui paraît grave et digne d'être dénoncée. Mais il n'a pas encore franchi le seuil du Palais de marbre pour faire son devoir de soldat et mettre fin à cette menace en même temps qu'à la vie de l'ordonnance. *Le doute est un dangereux virus qui se répand parmi les hommes et met en péril la victoire.* Pourtant (et sans qu'il parvienne à se l'expliquer) le colonel remet chaque soir au lendemain la rédaction de son rapport.

Vous voilà les Hommes-poissons
vous mon pire cauchemar
le pire de tous
pourtant je ne vous ai pas brisés
je n'ai pas déconstruit votre corps
avec méthode
comme je l'ai fait pour tant d'autres
comme je continue à le faire
puisque c'est mon métier
on ne choisit pas son métier

mais on peut en refuser un
me direz-vous

mais après vous les Hommes-poissons
qu'avais-je à perdre
puisque le sort était déjà jeté
puisque vous alliez revenir me hanter
blanchâtres et gonflés d'eau vaseuse
c'est ainsi que je me rappelle de vous
que vous êtes restés derrière mes paupières
dans ma tête
si je m'arrachais les paupières et les yeux vous seriez

encore là

vous tapissez les recoins de mon crâne
vous êtes ma torture sans fin
pouvait-il savoir ce soir-là pouvait-il savoir
cet adjudant
quand il m'a dit c'est à toi c'est ton tour
d'abaisser la manette
pouvait-il savoir qu'il me condamnait à vous
mes Hommes-poissons
est-ce que d'autres Hommes-poissons le hantent
lui aussi
ce ne serait que justice
puisque c'est lui qui ce soir-là qui me dit c'est à toi
c'est ton tour

c'est la guerre

et j'abaissai la manette et il y eut comme un frisson un
grésillement
autour de nous
toute l'eau parcourue d'une onde
cette eau à l'infini cet horizon plat de marécages
dans lequel nous avions
disposé
toute la journée durant
disposé
de gros câbles noirs
comme un filet comme
une nasse
pour attraper les hommes
pour pêcher les hommes
l'ennemi qui avance dans le marécage
et j'abaisse la manette le filet se referme sur vous
vous mes Hommes-poissons

le marais devenu mort
la fée électricité
et quand ce fut fini quand l'adjudant
me fit relever
la manette
voilà soldat

voilà

comment on remporte une victoire sur l'ennemi

mais sa voix
tremblait
et
tout était mort autour
vous dériviez lentement dans l'eau
qui n'était plus tueuse
qui allait gonflée de cadavres
qui flottaient sur le dos comme des poissons morts
les hommes mes soldats ennemis devenus
Hommes-poissons
combien étiez-vous je ne m'en souviens pas
il me semble que vous remplissiez l'horizon
avec vous des animaux pris dans la nasse
des écailles des plumes et même
de petites bêtes à fourrure
au mauvais endroit au mauvais moment
il me semble que vous dériviez tous vers moi
que vous alliez venir me chercher
me prendre
m'emporter avec vous
puis

au matin
nous sommes allés vous chercher
nous avons attendu l'aube
parce qu'il fallait y voir clair
pour vous repêcher vous les Hommes-poissons
et empiler vos corps bien rangés
entre vous de la chaux
et du sable
bien empilés
tassés serrés
avant de recommencer de retendre la nasse
pour qu'au soir à nouveau l'adjudant
dise à l'un de nous
c'est à toi
c'est ton tour

et ainsi de suite

une nouvelle victoire sur l'ennemi

au matin la pêche aux Hommes-poissons

rangés serrés à la suite des autres
en ordre
en ligne
jusqu'à former un chemin de corps
dans les marécages
à perte de vue
et qu'on finisse par vous recouvrir
terre ou béton
c'était à l'époque
la méthode de construction
des routes

L'ordonnance est un jeune homme à qui on répète souvent qu'il a la vie devant lui et qui a, au contraire, l'impression d'avoir déjà trop vécu. Pourtant ce n'est pas coutume à l'armée de dire ce genre de choses, des choses *gentilles*, qui plus est à un simple ordonnance, comme on aurait dit avant un aide de camp, à peine mieux qu'un troufion. Un valet amélioré. Un valet en uniforme, pense parfois l'ordonnance, puis il se rappelle que les vrais valets portent eux aussi l'uniforme, mais le leur est noir et non kaki.

Ce genre de pensées triviales et parasites fait parfois irruption dans la tête de l'ordonnance quand il se tient debout en dehors du cercle de lumière, en retrait, dans la pièce du sous-sol où le colonel officie. Il les chasse parfois les jours où il se sent *soldat*, où il croit encore à son uniforme kaki à son béret rouge et à la Reconquête et à tout ce à quoi il s'est fait croyant quand il a reçu le papier bleu la feuille de route, Ordre de Mobilisation ça disait en lettres noires grasses avec les deux majuscules, l'encre avait un peu bavé mais tu sentais quand même le poids de la Nation qui t'appelait et là encore tu sentais la majuscule et il se rappelle avoir eu la grande sensation qu'une main invisible et géante venait de mettre sa vie en pause stop ça suffit, assez vécu, la vie on verra après, la vie c'est pour plus tard si tu survis si tu reviens, pour plus tard les filles du village le soleil Maman la maison le vent tiède, plus tard qu'est-ce que ça veut dire plus tard, ça ne veut rien dire.

D'autres jours, au contraire, et ces jours-là se font de plus en plus fréquents, il accepte ces pensées parasites et peu réglementaires, et même il les accueille avec plaisir, il les espère presque parce que quand il disserte intérieurement sur la chromatologie comparée des uniformes il n'est plus vraiment là, dans cette pièce du sous-sol, il n'a plus vraiment devant les yeux le cercle de lumière et le colonel qui officie, et les autres, les assistants, les spécialistes en formation, stage d'observation ou de participation, ce groupe d'uniformes de galons toutes ces épaulettes qui s'épaulent dans le *travail*, plus on est de fous plus on rit, et c'est bien vrai que le *travail* semble plus facile à plusieurs, appelez ça l'effet d'entraînement ou ce que vous voulez, on finit par se prendre au jeu on reste concentré sur l'objectif la Cause le Renseignement, le Renseignement qui permettra de contrer les terroristes, un petit mal pour un grand bien (allez dire ça à l'*interrogé*) on se serre les coudes et on se sent partie d'une sorte de fraternité, une fraternité morbide mais fraternité quand même et sans avoir besoin de le dire on sait bien que personne ne racontera dehors ce qui se passe dans le cercle de lumière parce que, évidemment, *tout le monde est mouillé*.

L'ordonnance, lui, se tient toujours en dehors du cercle de lumière (qui n'est accessible qu'à partir d'un certain nombre de galons) et il reste donc très concentré sur son étude des couleurs pour ne rien voir d'autre. Surtout pour ne pas trop voir *la chose*, l'ordonnance n'imagine pas quel autre mot utiliser, bien sûr il sait qu'il s'agit (qu'il *s'agissait*) d'un homme, mais vraiment il faudrait un effort pour se rappeler que ce fut un homme alors l'ordonnance, dans ses réflexions à lui-même, parle toujours de *chose*.

Et ne plus réellement la voir *(la chose)* ni les autres autour, c'est ce qui permet à l'ordonnance de tenir. Avec le temps, il ne pense pas seulement aux uniformes et aux couleurs, il élargit le champ de ses réflexions. Il a passé une journée entière à penser aux filles de son village parce qu'il faudra bien qu'il se marie, plus tard (c'est quand plus tard ?) une fois la Reconquête achevée, quand il reviendra chez lui et qu'il reprendra comme avant le cours de sa vie, comme avant le papier bleu dont l'encre grasse avait bavé, la lettre était arrivée au courrier de midi, sa mère l'avait posée sur la table sans rien dire avec une grande ombre dans les yeux. Il se demande parfois s'il y parviendra. Cette pensée-là, il la chasse aussitôt, peut-être parce qu'il sent le trop grand danger, parce qu'il pressent fugacement qu'il n'y aura pas de comme avant et qu'il restera toujours prisonnier de la pièce du sous-sol et que, malgré ses efforts pour ne pas vraiment voir, il verra toute sa vie *(les choses)* dans le cercle de lumière, toute sa vie le colonel *(qui travaille)* et il a parfois peur de devenir comme cet homme trop gris qui le met si mal à l'aise, physiquement mal à l'aise, et qui lui semble (il ne sait pas comment le formuler autrement) ne pas réellement exister.

Récemment l'ordonnance s'est rendu compte qu'il ne parvenait pas à saisir le visage du colonel. Bien sûr, il le connaît, le reconnaît, il sait immédiatement que c'est lui (garde-à-vous) mais il lui est impossible, après, de revoir ses traits, comme s'ils se dérobaient, comme s'ils étaient faits de fumée. Comme dans ces rêves – car l'ordonnance rêve encore – où des visages d'hommes lui échappent bien qu'il sache qui ils sont, avec cette certitude absurde et absolue propre au songe. Encore une pensée parasite, se dit-il. Mais il ne peut pas s'empêcher de craindre que le colonel soit, quelque part, *contagieux*. Ces choses-là ne se disent pas, encore moins à l'armée, essayez donc d'expliquer à votre supérieur qu'un gradé est en train de flouter les êtres et les choses autour de lui, de rendre le monde brumeux, de ramollir les opérations. Un coup à finir au mitard. Ou en première ligne. Ou pire, dans le cercle de lumière.

Pour autant, l'ordonnance n'envisage pas, à aucun moment, de demander une réaffectation. En cette période de Reconquête, rares sont ceux qui osent réclamer un changement, protester. Les fous qui s'y risquent ne durent pas longtemps et l'ordonnance est, au fond, un lâche qui tient à la vie. Même si de plus en plus, il a l'impression d'avoir déjà trop vécu.

Vous me direz
il faut bien distinguer
entre tuer à la guerre
et tuer pour tuer
c'est en tout cas ce qu'on nous disait à l'époque
les morts de guerre ne sont pas des crimes
soldats
nous disait-on
puisque vous avez tué pour une cause
noble
pour la défense de la Nation
pour la Victoire
et dans leur voix tu sentais la majuscule
alors que vie n'en prenait pas
si nous ne tuons pas si vous ne tuez pas
soldats
disaient-ils
l'ennemi nous envahira
nous annihilera
nous détruira
et avec nous notre pays nos enfants
nos femmes
dont les corps soldats n'oubliez pas les corps
vous appartiennent

à vous seuls

à vous seuls les corps de nos femmes
et pas à l'ennemi
ils disaient ça et nous au garde-à-vous
ou relâchés repos les mains croisées
dans le dos
comme aux prisonniers les mains mais eux avaient
des liens
alors que nous n'en avions pas besoin

puisque nous gardions de nous-mêmes
les mains croisées
dans le dos
puisqu'à chaque mort qui n'était disaient-ils
pas un crime nous tissions
nos propres liens

je n'ai jamais parlé de ça à personne
avant vous mes victimes
mes bourreaux
puisque pour vous je n'ai aucun secret
puisque vous voyez mon âme à nu chaque soir
dites-moi y a-t-il encore quelque chose à voir
y a-t-il encore une âme ici
toc toc
moi il y a des années qu'elle ne me répond plus
que je ne sais plus si elle est là
mais ça comment en parler à quelqu'un
à part vous
vous imaginez ça après la Longue Guerre
impossible
le doute est l'ennemi du soldat
haute trahison

voyons soldat
il faut bien que quelqu'un tue pour éviter
d'être tués
pour sauvegarder la Nation
que quelqu'un se tape le sale boulot
mette les mains
dans
le cambouis dans le sang les entrailles
dans la merde
et vous voudriez après
vous voudriez
qu'on se remette en question
impossible soldat
impossible
suspect
après la guerre après les Hommes-poissons les
marécages
il n'y avait que le silence
et les médailles les décorations accrochées sur
les poitrines que les âmes
avaient désertées
du clinquant du doré sur une poitrine vide
ça fait joli mais ça sonne creux

Ce matin-là l'homme assis dans le cercle de lumière regarde le colonel dans les yeux (et dans son état, garder les yeux ouverts tient déjà de l'exploit, du prodige de volonté, pourtant il fixe le colonel). Il fixe le colonel et dans son regard il n'y a pas, comme d'habitude, un mélange de crainte et de haine, un regard de bête traquée et acculée, *les yeux de l'hallali* se dit parfois le colonel. L'homme que nul lien n'attache à la chaise – parce qu'il est un point de rupture du corps et de l'esprit où les liens deviennent superflus – cet homme donc, puisque même l'ordonnance là-bas dans l'ombre, hors du cercle de lumière, le voit comme un homme et pas encore comme une *chose*, est étrangement *apaisé*.

Le colonel regarde en retour dans les yeux de l'homme (et cette fois il ne parvient pas à y voir un chien écorché) et cette absence de haine, cet étrange apaisement si malvenu dans le cercle de lumière, lui sont insupportables. Comme si, dans ce regard tranquille qui tranche sur le visage détruit, il y avait une provocation, un défi, comme si l'homme ravagé se moquait de lui, connaissait tout de ses visiteurs nocturnes et il jurerait presque l'entendre persifler Tu me brises mais tu es déjà brisé, Tu vas me tuer mais tu es déjà mort. Et le colonel, sans qu'extérieurement rien transparaisse, car il a depuis longtemps appris à porter un masque de cendres, se sent envahi d'une grande fureur et (pire encore) d'une immense frayeur. Autour de lui ses *collaborateurs* n'ont rien remarqué, ils sont déjà excités par le sang à venir, la journée commence à peine alors on sent ce mélange de dégoût et d'enivrement, déjà l'effervescence, l'échauffement de celui qui a le pouvoir sur l'autre qui peut lui faire *absolument ce qu'il veut* et ça oui ça tout de même ça n'est pas rien c'est un embrasement une manière d'exaltation qui peut bien faire taire la répulsion initiale.

C'est l'envoyé des Hommes-poissons, pense le colonel en regardant l'homme, et cette pensée, cette araignée de pensée emplit soudain tout son crâne et son corps et il baisse les yeux sur sa poitrine et y découvre le lynx des nuits qui est revenu malgré le jour, malgré la présence des autres, le lynx qui tourne en rond avant de se coucher sur sa poitrine et les griffes de ses pattes de velours déchirent lacèrent le colonel.

Et c'est cet effroi, l'araignée dans son crâne, le lynx sur sa poitrine, qui rend le colonel encore plus furieux, parce qu'il *sait*, oui à cet instant il en a la certitude absolue, que c'est l'homme en face de lui, cet homme au regard trop apaisé, cet homme à qui il manque la haine fondamentale, la haine viscérale *(la haine est nécessaire, soldat)*, c'est cet homme qui a appelé le lynx, cet homme aidé des autres, de tous les autres, de tous ses visiteurs du soir.

Alors, ce matin-là, le colonel coupe, taille, sectionne plus rageusement que d'habitude. Lui déjà silencieux ne prononce pas un mot et cela étonne fort les autres, dans la pièce du sous-sol, parce que, auraient-ils envie d'objecter, le principe même de la Section spéciale est de poser des questions, d'arracher des réponses (*arracher*, quel terme approprié). Ils n'objectent pas à voix haute, peut-être parce qu'ils ont le sens de la hiérarchie, peut-être aussi qu'ils restent glacés devant le colonel, qu'ils sentent confusément qu'il se produit quelque chose d'inhabituel et de très dangereux. Dans la cave autour du cercle de lumière l'excitation la fièvre est retombée, c'est comme une fissure dans la mécanique bien ordonnée de la Section spéciale.

Et le colonel coupe, taille, sectionne des heures durant et en face de lui le regard apaisé de l'homme ne faiblit pas, même quand il ferme les yeux sous la douleur ou à travers le ruissellement rouge du sang toujours le regard revient comme aimanté et toujours sans haine et à mesure que les heures passent augmentent l'effroi et la colère du colonel, et à chaque minute le lynx de velours enfonce un peu plus ses griffes de métal dans la poitrine du colonel qui coupe, taille, sectionne.

Il pourrait s'en prendre aux yeux après tout des yeux c'est comme le reste, une partie *amovible* du corps humain, mais non, étrangement le colonel ne leur fait rien, comme s'il redoutait de s'en approcher, comme s'il voulait forcer ces terribles yeux trop tranquilles à se fermer d'eux-mêmes, à relâcher leur prise autour de lui, et il a l'impression que s'il réussit cela alors le lynx de velours et de métal se lèvera et partira et alors il pourra respirer.

Pendant tout ce temps, derrière lui, en dehors du cercle de lumière, l'ordonnance se récite intérieurement les lettres de sa mère qu'il a reçues depuis son arrivée, puisque c'est la seule lecture autorisée aux soldats de la Reconquête, et encore les censeurs gris parsèment les pages de traînées d'encre bleue, ça fait comme des étoiles de nuit sur le papier, Mon fils chéri Je t'imagine allant bien Tu es loin mais ici tout le monde pense à toi, les mots maternels entre les éclaboussures indigo, J'espère que tu as assez de chaussettes Tu me manques chaque jour Écris-moi vite si tu peux, des banalités qui réconfortent et puis du bleu du bleu du bleu encore du bleu comme une marée qui monte, la patte du censeur gris sur l'écriture serrée, Je t'embrasse de tout mon cœur Ta petite maman qui t'aime. Puisque donc c'est la seule lecture qu'il reçoit et qu'il a eu le temps de les apprendre par cœur, l'ordonnance se récite intérieurement les lettres, et il lui faut un réel effort pour parvenir à se concentrer sur les mots maternels. Chaque fois que l'homme (maintenant devenu chose-chien écorché) râle trop fort il perd le fil et doit revenir au début.

Qu'est-ce que vous croyez
j'aurais aimé moi aussi
aimé
être heureux
avoir la sensation de
vivre
et non de traverser l'existence comme
un champ de ruines
des ruines j'en ai trop vu trop
provoqué
si bien que mon âme s'est mise à leur ressembler
vous me direz cela vous est égal
mon malheur je l'ai cherché
et il n'est écrit nulle part que les victimes doivent avoir
de la sympathie

pour leur bourreau

j'ai depuis longtemps perdu toute prétention
à la sympathie
à l'amitié à
l'amour
à la pitié

Le général n'aime guère sortir de son bureau qu'il juge confortable et approprié à un homme de son rang et de sa corpulence. S'il se plie de bonne grâce à la revue de troupe hebdomadaire, il évite, en dehors de ça, de frayer avec la soldatesque. Il reste assis à son large bureau et joue parfois, pendant des heures, des parties d'échecs solitaires contre lui-même. On pourrait croire que le général en charge des troupes du nord et de la Reconquête n'aurait pas le temps pour ça, mais lui si. Il le prend. Depuis déjà plusieurs semaines, la Reconquête est de facto passée aux mains de son subalterne direct et zélé qui n'a, lui, pas le temps de jouer aux échecs car l'offensive s'enlise de jour en jour, même si le général affirme le contraire à la Capitale dans des messages confiants et exaltés.

Pourtant le général vit mal sa condition de joueur d'échecs solitaire dans le grand Palais de marbre. Depuis quelque temps – depuis, en fait, que son subalterne zélé a cessé de lui faire son rapport quotidien, comme s'il s'était affranchi des rênes – le général sent parfois monter une angoisse que même les pièces noires et blanches ne parviennent pas à dissiper. À bien y réfléchir, et le général aujourd'hui y réfléchit bien, c'est aussi à ce moment-là qu'est arrivé le colonel qu'on a par la suite très peu vu au Palais, ou alors comme une ombre si grise qu'on se demande, après, si on ne l'a pas rêvée.

Aussi le général, qui n'arrive pas à se concentrer sur l'échiquier, se demande-t-il si tout ça n'est pas la faute du colonel. Si le colonel ne porterait pas un peu *(la poisse ?)* avec sa silhouette trop vague, trop silencieuse, quelque chose de morbide, comme une brume froide qui se glisserait sous la porte. Si le colonel ne serait pas au fond *le vrai responsable* de l'engluement de la Reconquête, de sa propre humeur maussade, du mauvais temps, et même de ce stupide cavalier noir qui menace son fou blanc – ce qui est d'autant plus agaçant qu'il joue contre lui-même. Alors il avance son autre fou blanc, il faut bien empêcher la poussée noire, c'est comme ici, dans la Ville, contenir l'Ennemi le contraindre le contrôler le crever en finir avec cette rive droite qui résiste en finir avec l'Ennemi, tous noyés morts dans les eaux lourdes limoneuses du fleuve, sur le plateau le cavalier noir prend le cavalier blanc, devant les yeux du général des soldats sans visage disparaissent dans les flots, un beau rêve, il lui semble sentir la vase des berges, une odeur de brouillard, noyés noyés noyés anéantis sous la surface et le fou qui avance toujours qui prend un pion noir, un pion seulement ce n'est pas comme ça qu'on repoussera l'Ennemi les pièces de nuit les soldats sans visage, le général se fait mat une fois deux fois il cherche la faille dans son propre raisonnement, le sien et celui d'en face qui est aussi le sien et toujours dans ses yeux les eaux lourdes du fleuve par-dessus le damier et il ne sait plus ce qu'il regarde, une douleur lancinante dans l'orbite droite comme une pique de lumière trop vive, la pièce est sombre pourtant, et puis une porte claque quelque part dans le grand Palais et le bruit réveille le général le tire de sa transe l'arrache aux pièces qui le tenaient comme hypnotisé, il contemple le plateau et ne reconnaît pas l'attaque noire, l'attaque blanche, la partie inextricable, à l'image de cette fichue Ville se dit-il, de cette Reconquête qui n'en finit pas, ça devrait déjà être plié. Et à nouveau l'image brouillée du colonel s'impose à lui, à nouveau cette idée qu'il porterait malheur.

D'ailleurs, maintenant qu'il y pense, puisqu'il est de toute façon déconcentré et que cette partie d'échecs schizophrène s'annonce mal, le général se demande bien à quoi sert ce colonel de malheur et ce qu'il fout dans sa cave du quartier des tanneurs puisque tout ça n'a pas l'air de faire avancer les choses, ce qu'il faudrait c'est un bon coup de pied pour le réveiller se dit le général (quelle ironie envers un insomniaque) et s'il n'est pas capable de donner des résultats, que la Capitale envoie un autre spécialiste, ce ne sont pas les candidats qui doivent manquer pour *interroger* les salopards d'en face, pense-t-il avec une vigueur qu'il n'a pas ressentie depuis longtemps.

Alors, sur cette lancée et avec un soupir, il soulève sa pesante personne et sort du grand bureau. Le hall est désert. Une faible clarté descend des hautes fenêtres. C'est l'heure moutarde l'heure mandarine l'heure ocre – mais l'ocre, comme les autres couleurs, a été absorbé dans la monochromie si bien que le Palais est baigné de cette même lumière grise, à peine teintée d'orange, pistil de safran tout de suite avalé par la cendre.

Le général fait résonner ses bottes sur le marbre. Le buste décapité accroche son regard, il est terrible ce buste, le général ne s'en était encore jamais rendu compte, c'est comme une statue du commandeur, une présence tutélaire menaçante, comme pour rappeler à tous que les hommes, les puissants, les régimes passent, ne font que passer, et chuter, et que ce qui lui est advenu peut advenir à tous. Que lui-même chutera un jour, tôt ou tard, qu'il ne sera un jour pas plus vivant que ce socle de marbre sans tête, voilà ce que semble lui dire le buste décapité que le général regarde fixement il ne peut en détourner les yeux il est comme aimanté, comme si une étrange magie, magie noire magie ocre magie mandarine pistil de safran magie grise monochrome magie couleur de pluie l'empêchait d'arracher son regard de tourner les talons. Et il lui semble que le buste grandit, grandit, déborde de la niche, une étrange déformation de la matière, le marbre devient malléable et reste dur comme la pierre qu'il est, et le buste se répand hors de la niche et dans la pièce il envahit tout et alors qu'il s'approche du général qu'il s'apprête à le broyer avec sa cruauté de pierre alors le général parvient à rompre le sortilège et arrache son regard, il se précipite hors du hall désert et claque derrière lui la porte du grand bureau.

On murmure derrière moi que je ne suis
qu'une ombre grise
c'est vrai
mais je m'en accomode
j'ai renoncé au monde des vivants
je n'appartiens pas encore à celui des morts
je suis du monde des ombres
et vous êtes mon peuple
vous mes ombres
mes visiteurs du soir
mon peuple depuis si longtemps
c'était après la Longue Guerre
je suis passé à l'ombre
déjà vous les Hommes-poissons et toi
mon premier mort
à la renverse
et vous autres tous ceux qui avez suivi
dans cette guerre abominable
déjà vous étiez mon peuple caché
même si à l'époque il m'arrivait parfois encore
de dormir
de vous échapper
quelques heures
c'est déjà ça de pris
quelques heures de liberté
d'oubli

loin de vous de vos yeux vides de vos visages
de cendre
loin de mes souvenirs
il y a bien longtemps que j'ai renoncé à l'oubli
vous êtes devenus mon peuple et chaque jour
dans la pièce du sous-sol

ou

dans d'autres lieux

au fond peu importe le lieu
je grossis vos rangs
je vous croîs et vous multiplie
vous le peuple des caves
vous mon armée d'ombres qui me dévore
chaque nuit

c'est un peu comme
une forme de torture très lente
et très raffinée
le tortionnaire torturé
de sa propre main
le persécuteur persécuté
chaque jour dans la pièce du sous-sol
je regarde l'homme dans le cercle de lumière
dans cette lumière trop crue qui me brûle les yeux
à moi qui n'ai plus droit à
la lumière
je regarde cet homme
cette nouvelle recrue
cet homme qui va devenir mon ombre

qui va alourdir mon ombre sur mes pas
c'est fou ce que c'est lourd une ombre
on ne le croirait pas
avez-vous déjà remarqué
quand le soleil tombe à l'horizon
cette ombre longue et lourde le long des murs
accrochée à vos pas
ce qu'elle est lourde à traîner
et quand vous vous retournez
vous ne la reconnaissez pas
c'est qu'elle vous montre la part que vous ne voulez pas voir

la part d'ombre

mais moi je la regarde je la cherche
je la connais
et chaque jour inlassablement je l'accrois
je la nourris
si bien que
désormais
quand je longe les murs
on dirait que l'ombre a englouti la ville

Depuis sa rencontre avec le buste décapité, le général a cessé de jouer aux échecs. Il n'a raconté à personne ce qui s'est passé dans le grand hall. À qui pourrait-il parler, de toute façon ? Il lui semble que le Palais est désormais désert. Ses pas résonnent trop fort sur le sol de marbre des couloirs où il ne croise jamais personne. Comme s'il évoluait dans un palais fantôme. Où sont-ils, ces militaires empressés qui faisaient il y a peu courir le bruit de leurs bottes dans le grand hall. Le général évite la pièce. Il est bien obligé de la traverser, mais il garde les yeux au sol et surtout surtout ne tourne jamais la tête vers la niche où trône le buste décapité la pierre implacable qui le suit de son regard de pierre, il en est certain, et pourtant, se dit-il, il n'est pas fou, mais il sent le poids de ce regard comme une menace sourde et il a la même certitude que s'il tourne la tête alors le buste, à nouveau, grandira grandira débordera son enveloppe marmoréenne envahira le hall et l'écrasera lui, petit général de pacotille broyé dans le marbre.

Cette traversée lui est devenue si pénible, si douloureuse, qu'il a envisagé de dormir dans le grand bureau où l'atmosphère se fait de plus en plus humide, presque une odeur d'avant la pluie. Ainsi, pense-t-il, il n'aurait plus à traverser le grand hall trop vide. Peut-être même, sans cette torture biquotidienne, retrouvera-t-il le goût des échecs.

Le général est si profondément enfoui dans ses réflexions et sa peur et l'attente du marbre qu'il n'a pas remarqué le silence qui règne sur la Ville depuis plusieurs jours. Les bombardements ont pratiquement cessé, comme si les soldats n'avaient plus le cœur à se battre. Personne n'en a informé le général, pas même son subalterne de moins en moins zélé. Seul persiste, bruissement de fond, le murmure de la pluie qui tombe sans discontinuer et semble dissoudre les hommes et les armes dans un brouillard sans forme et sans volonté.

Depuis que son subalterne zélé a cessé ses rapports, le général, il faut bien le dire, a perdu le fil de la Reconquête. Il a aussi perdu tout intérêt pour la chose. Comme si ce qui l'avait tenu debout tout ce temps – la Victoire la Cause la défense de la Nation – avait enfin révélé son vrai visage de château de cartes, une construction illusoire et fragile jetée à bas par un coup de vent. Et encore une fois l'image fugace du colonel trop gris, trop flou *(tout ça c'est sa faute)* traverse l'esprit du général qui ne peut s'empêcher de penser à l'époque *d'avant*. Mais là aussi, cette époque révolue lui semble distante, brouillée, comme s'il regardait son souvenir à travers une vitre maculée de pluie.

Depuis que je suis arrivé ici
dans cette ville de brume
j'ai parfois la sensation d'avoir enfin déposé
mes valises
les lourdes malles de mon passé
c'est la dernière escale
et elle n'aurait pu être plus
appropriée
tant on dirait un pays de fantômes
d'ombres semblables à moi-même
même cette pluie qui ne cesse pas
pluie acide pluie
dissolvante
l'aube se fait ici plus longue à venir
un peu plus chaque matin
je guette la lumière dorée
dorée c'est beaucoup dire il faudrait plutôt dire
grise
grisâtre
mais enfin ça reste une lumière
mieux que rien une lumière
qui chaque matin se fait plus longue à venir
quelques minutes de retard
dans le crépitement de la pluie
c'est ici un pays sans soleil

semblable à mon âme
je n'aurais pas pu mieux tomber
et vous aussi mes ombres mes martyrs mes bourreaux
vous êtes ici chez vous
et il vous sera plus facile de m'emmener avec vous
tant certains matins dans la lumière
grisâtre
j'ai déjà du mal à me voir au miroir
je me confonds avec les murs
je deviens presque
transparent
brouillé brouillé brouillé
l'homme sans consistance
est-ce vous qui avez aspiré ma densité
au fil des nuits
j'aurais plutôt cru qu'un homme comme moi
un tortionnaire un bourreau un persécuteur
un exécutant zélé
un spécialiste
serait marqué au front marqué au visage
les stigmates du tueur
je m'en souviens les premiers temps quand
je dormais encore
quand
vous n'aviez pas encore pris possession
de mes nuits
je m'observais au matin
au miroir
il me semble qu'en ce temps-là la lumière était
encore parfois

dorée

je m'observais et cherchais sur les traits
de mon visage
une tache
une macule
la marque du martyriseur
mais non
au contraire
chaque matin mon image plus lisse plus uniforme
ce n'est qu'après
que j'ai commencé à me rendre compte
à plisser les yeux pour me distinguer du mur
fondu dans la lumière grisâtre
il me semble que le phénomène s'accentue
ici
sous cette pluie acide pluie
dissolvante
que même l'univers se décolore perd sa substance
même eux en face eux l'ennemi
que nous ne combattons même plus
puisque les hommes ont perdu leur densité
et les armes aussi
un canon sans substance ça ne s'est jamais vu
ça ne sert

à rien

un obus de vide
une balle de néant de sept soixante-cinq de néant
essayez un peu de tirer sur un fantôme
et cette matière de la ville cette matière
martyrisée qui
me fascinait

tant elle me rappelait peut-être le corps brisé
d'un homme
cette matière même semble
devenue brouillard brume
si bien que
si j'étais un homme qui dort
je penserais à coup sûr qu'il s'agit
d'un rêve

À la fin d'une journée qui ne fut guère productive dans le quartier des tanneurs, le colonel se rend au Palais. Dernièrement, il n'a plus grand monde à *travailler*. On a beau prendre son temps, dans le cercle de lumière du sous-sol, on sent bien que le rythme n'est plus le même. Le colonel y voit le signe de cet inexorable enlisement de la Reconquête dont personne ne parle mais que tous savent. C'est le propre, pense-t-il, de tous les régimes. Nul n'évoque à voix haute ce que tous pensent tout bas. Il a déjà vu ça, il connaît le principe. Les canons ne tonnent plus sur la Ville sans discontinuer comme à son arrivée, le fabuleux vacarme des armes de mort et de la matière martyrisée. Pour autant, en face, chez l'Ennemi, rien ne bouge. Silence là-bas aussi. Comme s'il n'y avait plus, ni d'un côté ni de l'autre, aucune volonté de se battre.

Seul l'ordonnance, dans ce monde qui devient de plus en plus monochrome, paraît avoir conservé quelques couleurs. Ses joues sont parfois (parfois seulement) rosées au matin. Mais le soir, après une journée passée dans la pièce du sous-sol, il est lui aussi uniformément gris (*uniformément* voilà un terme intéressant, se dit le colonel).

Et puis, même s'ils se font plus rares, il y a parfois des hommes de la pièce du sous-sol, avant qu'ils deviennent des *choses* (des hommes-chiens écorchés). Certains d'entre eux, étonnamment et malgré les brisures de leurs corps, répandent d'étranges couleurs, c'est du moins ce qu'il semble au colonel qui voit parfois du rouge, du bleu, du jaune éclater de leurs visages détruits. Des morceaux de lumière qui bondissent. C'est comme un coucher de soleil d'autrefois, s'est dit un jour le colonel, et soudain, très fugacement – il en a à peine eu conscience – il a revu une image venue de très loin, avant la Longue Guerre et les Hommes-poissons, une image qui n'était pas grise. Le colonel a cherché à la retenir mais elle avait déjà disparu.

Dans ces journées passées au sous-sol, il n'a heureusement pas eu affaire à un autre homme aux yeux tranquilles. Il n'a plus perdu le contrôle. Il travaille froidement, efficacement, comme le spécialiste qu'il est, autour de lui les collaborateurs maintiennent serré serré l'esprit de groupe l'esprit de corps et tous en rajoutent un peu pour compenser le silence du colonel. De toute façon, on l'a dit, il n'y a plus grand monde à *travailler* depuis que la Reconquête, comme le reste, s'est enlisée dans la brume.

Pourtant la présence distante (*désolidaire*, pense encore une fois le colonel) de l'ordonnance, en dehors du cercle de lumière, persiste à le gêner. C'est comme un caillou dans son crâne, une poussière dans le coin de son œil. Aussi ce soir-là, après la journée peu productive dans la pièce du sous-sol, le colonel passe-t-il le seuil du Palais de marbre pour aller faire son rapport *(ton devoir, soldat)* au général, après tout qu'importent les ennuis qu'il attirera à l'ordonnance, et le colonel entre dans le hall.

La grande pièce lui paraît étrangement vide – pas seulement dépourvue d'agitation, mais comme *vidée*, sous-vide, comme si plus rien ni personne ne pouvait désormais y demeurer, comme si le buste décapité (et le colonel tourne le regard vers la niche où cette fois rien ne bouge) avait aspiré toutes les choses et l'énergie du lieu, oui c'est ce que se dit le colonel et il reste un instant interdit au milieu du doré du marbre et des colonnes.

Cette pensée est d'autant plus difficile à chasser qu'il ne croise personne, ni officier ni troufion de garde devant le bureau du général, l'endroit est bel et bien désert et déserté et le colonel n'entend que son propre pas – et le crépitement incessant de la pluie qui résonne étrangement (*trop fort*, se dit-il) dans le Palais. Arrivé à la porte du grand bureau il tend l'oreille et il lui semble que le bruit de l'eau augmente, et il a presque peur de libérer des cataractes en ouvrant la porte qu'il entrebâille avec précaution, et rien ne se passe.

Tout d'abord, le grand bureau lui semble vide. Les lampes sont allumées mais la pièce reste sombre, comme si l'obscurité était différente, faite d'une matière plus dense, une obscurité solide contre laquelle les ampoules ne pouvaient pas lutter, il faudrait une lumière-lame une lumière-couteau pour y voir quelque chose. Le colonel reste d'abord interdit puis il aperçoit, le long du mur derrière le bureau, une large forme étendue sous une couverture brune et le général l'entend et se redresse, repousse la couverture, s'assied sur le lit de camp et les deux hommes se fixent un instant dans la pénombre grise.

Le colonel n'est pas certain que le général l'ait reconnu, il en oublie de se mettre au garde-à-vous et l'autre en face ne semble pas s'en soucier ni même s'en rendre compte, son regard paraît traverser le colonel puis il lève la main droite et désigne un point au-dessus du colonel et il parle d'une voix de gouffre voix de stalactites, C'est par là qu'elle arrive, d'abord le colonel ne comprend pas puis il lève la tête et reçoit une goutte dans les yeux, une pluie froide comme celle du dehors dans le grand bureau du général qui est pourtant situé au rez-de-chaussée, il y a des étages au-dessus, ça devrait être impossible mais voilà il pleut, Il pleut, répète le général qui montre du doigt les gouttières du plafond et se lève, fébrile, et va déplacer de quelques centimètres une bassine d'argent sans paraître se rendre compte qu'elle est déjà pleine d'eau de pluie, ça fait flitch-flatch et il en renverse une partie sur le sol brillant puis court se rasseoir sur le lit de camp derrière le bureau et ramène la couverture brune sur sa tête comme un animal blessé, pour un peu il aurait les yeux de l'hallali pense le colonel. Le général regarde encore un instant en direction du colonel – *à travers* le colonel, qui sait déjà qu'il ne dira rien, qu'il ne fera pas son rapport, et il se dit alors que l'ordonnance vivra un peu plus longtemps que prévu, sans savoir si c'est une bonne ou une mauvaise chose.

Alors le colonel tourne les talons et ressort dans le hall trop vide. Son regard glisse sur le buste décapité mais rien ne bouge dans la niche dans le grand hall dont les murs commencent à suinter d'humidité. La pierre ne frissonne pas sur son passage. Le colonel ne lève pas la tête mais, s'il le faisait, il verrait ces taches noirâtres qui commencent à apparaître au plafond, comme une gangrène de pierre.

Et dans la pièce aux bassines d'argent, derrière le grand bureau d'acajou, le général se recouche en silence sur le lit de camp, s'étend face au mur, tournant le dos au visiteur qui vient de sortir et qu'il n'a peut-être pas vu. Sous la couverture brune, il frissonne à chaque fois qu'une lourde goutte grise, *ploc*, tombe sur sa tête.

J'ai l'impression
qu'il ne me reste plus longtemps à attendre
qu'une nuit prochaine je dormirai
enfin
c'est un soulagement
des années sans sommeil imaginez-vous ça
et pourtant parfois j'ai peur que vous me refusiez
cela aussi
que même mort je ne connaisse jamais le sommeil
ni l'oubli
les morts peuvent-ils dormir
ce n'est peut-être pas très clair
mais la situation ne l'est pas
après tout
je n'ai jamais entendu parler d'un homme
qui comme moi
ne dort pas

qui passe de noires nuits blanches nuits atroces
interminables
avec ses ombres
mais qui sait
peut-être sommes-nous nombreux
je n'en ai jamais parlé à personne
ça doit faire partie de ces choses

dont on ne parle pas

en public

ou même en privé
ce n'est pas un sujet approprié pour
un cercle mondain ni

autour d'une table

ou au creux d'un lit

sur ce dernier point je devine j'hypothèse
après les Hommes-poissons mon lit resta vide
personne à qui
chuchoter
peut-être qu'à cette époque vous mes ombres étiez
déjà trop fortes trop envahissantes
et impérieuses ombres de métal
de pierre
vous n'auriez laissé personne prendre votre place
bien au chaud
au creux du lit
c'est après vous les Hommes-poissons
après la Longue Guerre
qu'on me demanda de tuer différemment
couper tailler sectionner rompre trancher
briser
arracher
enfin tous ces synonymes
qui sont devenus mon métier ma

spécialité

bien sûr on ne me les formula pas ainsi
au départ
non
c'était plus subtil que ça
sécuriser
protéger
et toujours la cause la noble cause noble forcément
le capitaine qui me convoqua utilisa ces mots-là
et il me souriait
on a besoin d'hommes comme vous d'hommes
de votre trempe
soldat
pour consolider les acquis de la Victoire
il me souriait
quand j'y pense il me semble qu'il était lui aussi
un peu gris

Quelque part après le quarantième jour de pluie, c'était inévitable, un envoyé arrive de la Capitale. Il faut croire que le subalterne zélé n'a pas su être aussi convaincant, aussi confiant, aussi exalté que l'était à l'époque le général, car la Capitale demande des comptes, des rapports, des progrès à matérialiser sur une carte, qu'on voie un peu qu'on puisse se faire une idée, quelque chose à se mettre sous la dent, comme dans toute opération de Reconquête, c'est bien normal, ceux qui gouvernent veulent pouvoir déplacer des pions noirs et rouges sur un plan de ville – ou un planisphère, tout dépend de l'échelle de l'opération. C'est bien normal et ça leur donne la sécurisante sensation de maîtriser la situation.

L'envoyé, donc, débarque un après-midi de fort méchante humeur car sa jeep s'est embourbée au pied de la colline, il a perdu du temps, souillé ses bottes, il a froid, bref il a envie d'en finir, Qu'est-ce que c'est que ce bordel ici lance-t-il au planton qui s'étonne de cette liberté de langage mais n'en laisse rien paraître, et c'est d'un pas martial et décidé dont il est assez fier (un pas *viril*, disent ses camarades de la Capitale en se tapant mutuellement dans le dos) que l'envoyé pénètre sonorement dans le hall de marbre et disparaît dans les colonnes sans un regard – l'a-t-il même remarqué ? – pour le buste décapité qui, lui, le suit de ses yeux qui n'existent plus.

Le planton reste un moment seul à regarder la pluie tomber. Il ne pose jamais de question et s'efforce de ne jamais *s'en* poser, mais il sent bien que, tout de même, il se passe quelque chose d'étrange dans le grand Palais de marbre, ça fait plusieurs jours, peut-être plusieurs semaines, il ne le date pas précisément, d'ailleurs qu'est-ce exactement que cette sensation confuse, comme une déliquescence du monde et du temps, une lente décrépitude des choses et des êtres, et même de la hiérarchie.

Puis (*garde-à-vous* et le planton chasse aussitôt ces pensées non réglementaires) il entend dans son dos revenir le pas martial et décidé (mais peut-être un peu moins martial, un peu moins décidé) (un peu moins *viril*) et l'envoyé de la Capitale sort sur le seuil l'air dépité, indigné et aussi vaguement attristé. Le général, dit-il, n'a pas voulu me recevoir. Et on voit que c'est la première fois qu'une porte reste close devant lui, que celle-là on ne la lui avait jamais faite. Et il prend le planton à témoin sur le perron du Palais de marbre, devant le rideau de pluie qui brouille le paysage, Le général m'a dit devoir régler un grave problème de gouttière et que son parapluie était trop petit pour deux. L'envoyé de la Capitale prononce le mot *gouttière* avec méfiance et indignation, un mot indigne pour un militaire et on sent que celui-là n'a pas signé pour être plombier, nom de Dieu.

Parce que, vraiment, on n'a jamais vu non plus un général devenir plombier, ni refuser d'ouvrir sa porte, et l'envoyé sent sa belle colère l'abandonner et laisser place à une vague apathie, il se sent soudain comme une envie de s'affaler sur le marbre du hall, comme une envie de pantoufles et que d'autres se débrouillent avec cette Reconquête qui n'en finit pas et ce général *(ce cinglé)* et il se demande ce qu'il va pouvoir raconter à la Capitale. Il sent bien qu'il ne saura pas expliquer à ses supérieurs cette étrange atmosphère qui règne sur la Ville, qu'il n'osera pas leur dire qu'il revient d'un pays de pluie où les hommes se dissolvent lentement, que le général vit sous un parapluie et que lui-même est pressé de quitter ces lieux car il se sent déjà un peu *ramolli* par ce monde gris.

Mais quand on est un envoyé de la Capitale avec trois galons à l'épaule et un brillant avenir devant soi *(vous irez loin, capitaine)* on ne s'affale pas et il comprend alors qu'il ne lui reste qu'une option, c'est de perpétuer le ton confiant et exalté des messages mensongers (il n'a plus de doute là-dessus, tout ça aura au moins servi à quelque chose) qu'envoient le général et son subalterne zélé. Tant pis, se dit-il en remontant dans sa jeep (où il s'affale sur le siège passager malgré ses trois galons à l'épaule), l'important est que la Capitale soit satisfaite. Et quand il quitte les dernières banlieues de la Ville, alors que la colline a disparu derrière lui, il a presque réussi à se convaincre de la justesse de son choix et qu'une belle chimère vaut mieux que la vérité.

Est-ce que je serais
contagieux ?
semeur de ténèbres autour de moi
vêtu d'un grand manteau de nuit sans rêves sans
sommeil
le marchand d'ombres va passer
ou bien le monde est-il toujours ainsi
et c'est seulement maintenant
que je m'en rends compte
dans cette ville trempée
où ceux qui ne meurent pas deviennent fous
j'aurais cru que cela serait
réconfortant
penser que je suis au fond plus conforme aux autres
conforme
à la norme
que peut-être nous sommes tous hantés sans oser
le dire
en parler
chacun persuadé d'être une île
un cas particulier
j'aurais cru que ça me consolerait
mais c'est tout le contraire
j'aurais aimé penser que quand vous m'emmènerez
mes ombres

je laisserai derrière moi un monde
plus réjouissant
plus beau plus

lumineux

d'autant plus beau qu'il sera enfin débarrassé de
ma présence
peut-être qu'en partant j'emporterai
avec moi l'ombre et
la pluie
et la grisaille
elles me suivront hypnotisées comme les rats
suivirent la musique
hors de la ville
dans ce conte que j'ai lu enfant
mon esprit est embrouillé ces jours-ci
je ne distingue plus bien l'ombre
de la réalité
mais au fond la réalité qu'est-ce que c'est
sinon la façon de voir la plus partagée
les hommes ont oublié qu'il y a mille façons de voir
et qu'une étoile de loin ça ressemble à

une épingle

comme celle dont je me sers dans mon travail
épingle
et que de près ça n'est qu'une boule de feu

qui brûle brûle brûle

ça aussi je m'en sers dans mon travail
aussi moi quand je m'étends au soir
les yeux grands ouverts
c'est bien vous que je vois dans mon obscurité
même si d'autres n'y verraient peut-être
pas grand-chose
c'est qu'ils ne sont pas encore décillés

Arrive ce soir où le colonel se sent plus las que de coutume. Il ne se l'explique pas. Ou plutôt il pense que le martèlement incessant de la pluie, depuis des jours des semaines, a peut-être fini par affecter son cerveau, comme dans certaines tortures interminables dont il a entendu parler dans des livres, effet garanti sans effusion de sang ça disait, voilà une idée intéressante encore que ces méthodes exotiques l'aient toujours laissé sceptique, d'ailleurs il ne s'y est jamais essayé. On trouverait cela peu orthodoxe dans le sous-sol du quartier des tanneurs.

Il se sent fatigué pourtant il n'a pas travaillé aujourd'hui. Personne dans le sous-sol personne dans le cercle de lumière pas de métamorphose homme-chose à opérer. Cela s'explique peut-être par l'enlisement de la Reconquête, ou bien par cette apathie qui s'est emparée de tous, qui est probablement la cause de sa propre lassitude, ou alors c'est précisément le manque de travail qui le fatigue.

Sur la colline, le général seul a encore de l'énergie mais il la consacre exclusivement à déplacer ses bassines d'argent sous les gouttières du grand bureau désormais envahi par les flots, c'est comme une mer miniature, les bassines voguent il faudrait des amarres des ancres mais le général n'en a pas alors il passe ses journées à faire naviguer ses bénitiers argentés, ça fait de grandes éclaboussures de grands bruits mouillés et quand ils sont pleins le général les vide dans la petite mer du grand bureau. Voilà plusieurs jours qu'il ne laisse entrer personne dans la pièce d'où se répand une odeur marine, vaseuse, de pourrissement salé. On s'est un temps inquiété de sa subsistance, mais il a, paraît-il, exhumé une canne à pêche du haut d'une armoire et se nourrit de poissons crus qu'il capture frétillants entre les pieds du grand bureau d'acajou ciré où il jouait jadis des parties d'échecs solitaires.

Aussi dans cette atmosphère grise et comme liquéfiée le colonel a passé la journée à ne rien faire. Il a regardé la pluie tomber sur le quartier des tanneurs, debout derrière une fenêtre de l'immeuble encore debout, au premier étage, pour une fois au-dessus du sol. La Ville était immobile, pas un canon ne tonnait. Ça lui a rappelé les dernières heures de l'ancien régime, juste avant la chute du dictateur, quand les rues paraissaient avoir compris qu'elles allaient changer de main et de maître et se tenaient immobiles, comme un cheval rétif à qui on aurait bandé les yeux.

Alors pour la première fois depuis longtemps, le colonel rentre plus tôt ce soir. Sur le chemin de la colline, le long des rues-sillons, la jeep longe des postes de garde où des soldats invisibles sous leurs capotes ruisselantes se tiennent serrés autour de grands barils dans lesquels ils tentent d'allumer des feux, des flammes sombres, combat perdu d'avance contre la pluie. Ils ne lèvent même plus les yeux au passage de la voiture.

Le colonel regarde au-dehors et il se demande s'il ne rêve pas, s'il ne serait pas en train de dormir. Et il rentre en lui-même, il se retire de cette jeep bruyante, de cette ville défaite, il songe distraitement à ces prisonniers trop torturés que des cauchemars viennent tuer, la nuit, sans qu'on puisse rien y faire, c'est embêtant, ça fait des renseignements en moins, ça ennuie la hiérarchie et il se promet d'y penser demain même si demain lui semble soudain très loin, tant il est fatigué, loin comme une rive dont il s'éloignerait par un grand courant.

Quand il arrive sur la colline, le colonel ne répond pas au salut de l'ordonnance qui se tient droit sous la pluie, le béret rouge enfoncé sur la tête, les joues encore un peu roses ce soir, forcément, pas de travail. Il ne sent même plus les gouttes sur sa tête, ni la boue crémeuse et claire à ses pieds. Il est si fatigué qu'il s'aperçoit à peine qu'il entre dans la maison des officiers. Il traverse le couloir et entre dans la chambre nue, la chambre de bocal d'essence irisée. Et, pour la première fois depuis des années, depuis des centaines de nuits, depuis des lunes et des lunes, le colonel s'étend sur le sommier de fer, sur le mince matelas, et, enfin, ferme les yeux.

C'est le moment
allez-y
approchez
venez tous
vous ne serez pas trop de tous pour m'emporter
bien que je sois une victime consentante
mais enfin on ne sait jamais ce qui peut
arriver
un réflexe
un mouvement de survie
pour survivre dans mes limbes
je croyais n'avoir plus peur de la mort
de l'avoir trop donnée elle est devenue une
habitude une
compagne
une amie une
alliée
mais enfin vous avouerez que ce n'est pas

la même chose

selon l'extrémité
où

on se place

donner la mort et la recevoir
ce n'est pas tout à fait
pareil

dépêchez-vous dépêchez-vous accourez
vite
avant que je me rebelle
que j'aie un sursaut
pour continuer à donner la mort
au lieu de la recevoir
de vous
je suis un homme sans rêve mais ça ne m'empêche pas
d'avoir peur
je ne sais pas pourtant ce que je vais regretter
de ce monde
de cette vie
rien peut-être au fond qu'y a-t-il à regretter
je n'ai pas vécu une vie
très belle
aurai-je même servi une noble cause
comme ils disaient
se rappellera-t-on de moi sur une stèle
de marbre
ou sur une plaque brillante ou dans un récit
il vaudrait mieux ne pas raconter mon histoire
aux enfants

On dirait que la pluie faiblit ce matin, pense l'ordonnance. Comme si elle se faisait plus légère, plus fine. Moins gluante, se dit-il. *Pas trop tôt*, et il frissonne sous son béret rouge couvert de gouttes.

Voilà déjà un moment qu'il attend le colonel. Il n'ose pas rentrer dans la jeep se mettre à l'abri, cela lui semblerait une entorse au règlement – bien que, dernièrement, l'ordonnance ait l'impression que tout le monde, ici, se contrefiche du règlement. On raconte que le général vit barricadé dans son bureau sous un parapluie noir. Ça clapote derrière la grande porte, et toujours cette odeur d'algues et de marée. Le subalterne zélé qui a pris les commandes de la Reconquête a beaucoup trop à faire, paraît-il, pour se préoccuper des positions de garde-à-vous et la revue de troupe hebdomadaire est passée à l'as. Pour autant l'ordonnance ne voit guère d'avancement dans la Reconquête et la Ville reste silencieuse. Où est-il, d'ailleurs, ce subalterne zélé qui a pris les rênes (et il faudrait peut-être l'appeler autrement maintenant que c'est lui le chef). L'ordonnance ne l'a pas vu dernièrement, sauf un soir, sur le seuil du Palais. Il réclamait au planton un jeu d'échecs.

L'ordonnance a le sentiment troublant que la foi, le feu sacré qui animait autrefois soldats et officiers s'est éteint. Seuls les messages confiants et exaltés que le subalterne zélé envoie désormais à la Capitale – en les signant du nom du général – parlent encore de Victoire. Et là-bas, très loin, en pantoufles dans un bureau de la Capitale, l'envoyé martial et viril les transmet à ses supérieurs en les certifiant conformes à ses propres observations sur place.

Depuis que le fracas des armes s'est tu, l'ordonnance dort bien mieux. Seul le bruit de la pluie le berce désormais. Il ne se rend pas compte que beaucoup, à la caserne, lui envient ce privilège qui lui paraît naturel. Simplement, certaines nuits, il se réveille en sursaut, sans savoir que c'est le poids envieux du regard des autres – tous ces autres qui ne dorment plus – qui craquelle son sommeil.

L'ordonnance secoue une nouvelle fois ses épaules, son béret rouge, pour en chasser les gouttes, soupire d'impatience. Il tient encore quelques instants à côté de la jeep, planté sur la colline d'où il peut voir, en contrebas, la Ville (qui n'est pas près d'être reconquise, se dit-il fugacement avant de chasser de son esprit cette *réflexion défaitiste et suspecte*, qui l'étonne lui-même).

Il a remarqué avec curiosité et inquiétude, ces derniers temps, que ces pensées se multiplient et tous les efforts qu'il fait pour les refouler sont vains (s'il est tout à fait honnête, il doit admettre qu'il fait moins d'efforts qu'avant). Il a parfois l'impression que ces réflexions non réglementaires pourraient se lire sur son visage ou dans son regard. Il ne se rend pas compte que tous, autour de lui, sont devenus des formes grises qui n'ont d'yeux que pour leurs ombres.

Il patiente encore un peu à côté de la jeep puis n'y tient plus. Dans la maison des officiers, sans marbre ni colonnes, rien ne bouge, tout est silence et tambourinement – mais de plus en plus léger – de la pluie. Au fond du couloir, la porte du colonel est fermée. L'ordonnance frappe, se met par habitude au garde-à-vous, la main raidie contre le béret mouillé, des gouttes fines glissent du feutre sur ses doigts et courent dans sa manche en se frayant un chemin mouillé entre la peau et l'uniforme, ça lui fait froid jusqu'au coude. Il attend, attend, frappe à nouveau, nouveau garde-à-vous, attend. Et puis, plus intrigué qu'inquiet, il ouvre la porte.

La chambre est plongée dans une drôle de pénombre, à la fois grise et opaline, et l'ordonnance pense – comme le colonel avant lui – qu'il avance dans un bocal aux parois d'essence. Tout est calme. La pièce est nue comme au premier jour de l'arrivée du colonel, comme si celui-ci n'avait pas imprimé son passage dans les lieux, comme s'il n'avait été qu'une petite fumée. Dans le coin, sur le sommier de métal, sur le mince matelas, le colonel est étendu.

En s'approchant, l'ordonnance remarque pour la première fois les traits de son visage, il note la forme du nez, la mâchoire, le dessin des sourcils. Pour la première fois, il a la sensation de pouvoir *voir* le colonel, le visage immobile arrête enfin le regard, il a cessé d'être une brume, un brouillard, une ombre. Et lorsque l'ordonnance pose deux doigts sur son cou, pour chercher un pouls qui ne bat plus, il est presque surpris de sentir une résistance sous sa main, une chair, une matière. *Enfin*, pense-t-il, et cette fois il ne songe pas à refouler cette réflexion non réglementaire.

L'ordonnance sait ce qu'il doit faire. Courir au Palais de marbre, trouver un supérieur, le subalterne zélé peut-être, au besoin déranger le général sous son parapluie, le *spécialiste* est mort, c'est le moment d'avoir le sens de l'ordre et de la hiérarchie, obtenir un galon, qui sait, faire preuve d'initiative et de diligence, montrer de quel bois il est fait. Pourtant il s'attarde. Il se sent comme paresseux, et la présence du colonel qui semble dormir dans cette chambre nue, cette chambre-bocal d'essence, ne le dérange pas, ne le met plus mal à l'aise. *Enfin*, pense-t-il à nouveau. L'ordonnance se dit même, avec une certaine réjouissance, que pour ce matin au moins il n'aura sans doute pas à descendre dans la pièce du sous-sol où de toute façon, on l'a dit, il y a de moins en moins d'hommes à transformer en choses. Demain, oui, il faudra y retourner, mais pas ce matin.

Mû par cette paresse nouvelle, avec la sensation d'un homme qui s'étire après une sieste, l'ordonnance s'accoude à la fenêtre d'essence et allume une cigarette. Dehors, les dernières gouttes de pluie diffractent en rayons irisés un morceau de soleil qui émerge entre les nuages tandis que dans le grand bureau où sautent des poissons volants le général devenu fou ose une main hors de son parapluie, et, dans un bureau un peu moins grand, le subalterne zélé qui n'en est plus un avance avec circonspection sa tour blanche en direction de son fou noir. Sur la colline, les bâtiments détruits se préparent avec délice à sécher leurs blessures. Dans la Ville, les rues-sillons sont silence. Et dans la chambre nue, l'ordonnance regarde dormir le colonel. Au bout de ses doigts, des volutes de fumée montent lentement dans la poussière dorée du matin.

IMPRIMERIE NORMANDIE ROTO
DÉPÔT LÉGAL : AOÛT 2022. N° 15728 (2201500)
IMPRIMÉ EN FRANCE